KB170436

꽃 사이 사이, 바람

김옥자 시집

초판 발행 2013년 9월 16일

지은이 김옥자
펴낸이 안창현 펴낸곳 코드미디어
북 디자인 Micky Ahn 편집디자인 김도경 교정 교열 장창조

등록 2001년 3월 7일 등록번호 제 25100-2001-5호
주소 서울시 은평구 갈현1동 419-19 1층
전화 02-6326-1402 팩스 02-388-1302 전자우편 codmedia@codmedia.com

ISBN 978-89-94178-72-1 03810

정가 10,000원

김옥자 시집

꽃 사이 사이, 바람

시인의
言

아쉬움을 수없이 돌고 돌아도
목가적인 풍경 하나 제대로 적을 수 없어 고민하던 밤
나를 의지하며
가족에 힘입어
초록 속에서도 뭔가 다른 색감을 갈구하며
한 줄
다시 한 줄,
색깔을 입혀본다.

2013년 9월 어느 날에 김옥자

contents

01

꽃 사이사이, 바람

02

바다, 비늘이 버석거릴 때

contents

03

건듯, 스치는

04

때론, 비가

contents

05

이젠 그랬으면

꽃 사이사이, 바람

01

구들장 - 부모

건재상 앞에 쌓여 있는 구들장 본다
불길 닿았던 곳
쓰디쓴 단내의 농담濃淡 배어 있다
고만고만한 자식들
마른 보릿대처럼 소란 피우며 속없이 들이밀 때
가시 많은 나무 몸을 찔러대며
직설로 쏟아 놓는 눈물까지
뭉뚱그려 다스려야했던 불길
가을 읽어낸 볏짚 콩대처럼
뭉근하게 구들장 데워 본적 있었나
잘 들던 불길도
굴뚝으로부터 들이친 바람에
관절마다 어둠 껴입어
그을음 뒤집어쓰곤 터지며 슬어갔다
매운 연기 마른 구렁으로 빠져나가
참숯, 구들장 오래도록 달궈줄 때
조석으로 모여 앉아 수저 부딪는 소리 정겹다
등짝이 따뜻하다

결핍

식구 많지 않은 집
밥해야 한다며 풀썩풀썩 퍼 담은 쌀
커다란 그릇에 쏟아 붓고는
첨벙거리며 휘휘 조리질 하는 중이다
장단 댁 청동거울 속엔
산후병과 홍역 앓느라 젖 물리지 못한 아들,
멀건 암죽으로 배를 채웠던 아깃적 모습만 있다
그 아들
전사 통지서 받던 날부터
주발에 고봉밥 담아
조왕신 모시듯 부엌 시렁에 얹어놓기도 하고
베보자기에 꽁꽁 묶어둔 왕눈이 사탕 쥐고는
걸음 급하게 밖을 향하다
누군가의 눈에 잡혀 오던 때
허공으로 쏘아대던 말
똬리를 틀고 앉은 저 결핍의 반복 타이머
세월 먹지 않는다
인내만이 당신 곁에 있음 아는지 모르는지
세상에는
에둘러 가는 결핍도 있다

분신 - 찻잔

통통, 물방울 튀듯 떠오른 생각
하얀 민무늬 잔에 그려 넣듯
오래도록 만져지는
들꽃 프린트 가득한 길 담아 두면 어떠리
살짝살짝 흔들리며 내 품으로 오는
로즈마리 향 안아줘도 괜찮고
모카 향 뭉근하게 녹아드는 풍경 속
무궁무진 새롭게 피어나는
하트여도 좋으리
본차이나 말갛게 비쳐지는
깔끔한 민트차도 상관없지 않니
구수함 담겨진
투박한 막사발이면 어떠리
찻물 깊어지듯
사유할수록 따뜻한
그런 품성이면 좋으리

젖음 속에서도

굵은 빗줄기 지나간 끝
능선을 빠르게 넘는 안개 보며 걷고 있다
아무것도 아닌 소소한 일들이
가느다란 빗줄기로 앞서거니 뒤서거니
발걸음 따라 오고 있다
가슴에 담고 있는 빗방울처럼
들판가득 물기 물고 있는 곡식과 풀, 나무
깊숙이 박혀있는 뿌리의 생각 담아
줄기와 잎
꽃망울 뿜어 올리기도 하고
열매 맺기도 하는 모습들
흠뻑 젖은 밭고랑 타며
일가족 삼대三代, 들깨 모종을 꽂고 있다
미풍에 도리질 하듯
빗방울 털어버리고
진흙 묻은 운동화 헹구며 섰는데
먹구름 주춤거리다 어딘가로 흘러가고
멀찍이 섰던 백로 서너 마리
날개를 펴며 숲을 향해 날아간다
젖음 속에서도
흐르는 풍경 있다

한 겹

지닌 것 없는 몸
신문지 종이박스 뒤집어쓰고
떼어낼 수 없는 고단함 적재한 채
지하도 바닥 뒹구는 모습 볼 때면
한 겹 온기溫氣로 다가서고 싶다
허허벌판 한 장의 바람막이로
차가운 바닥 견뎌내듯
아물지 않은 상처 감싸주는
반창고이거나 붕대처럼
서로서로를 매만지는 한 겹의 세상
발길 머무는 곳, 손길 닿는 곳마다
가슴에 담은 훈훈함
누추함을 덮어가듯
구름 비낀 하늘에서
사방으로 퍼져 나오는 햇살
시린 곳 한 켜씩 벗겨낼 때
버석거리는 막막함 속에서도
따스함으로 읽혀지는
한 겹 푹신한 말이거나
정情으로 남고 싶은 밤

파 썰며

닭냉채에 넣으려고 파, 써는데
눈 시고 알알하더니 눈물 바람이다
내 눈 아프게 베이고
네 맘 읽는다
통통하게 살 오른 흰 몸과 잎 속에
맵고 아린 기억만 가득해
그만큼 세월이 아팠다는 얘기
순하고 달큰하게 첫 걸음 떼다
쌉싸름 아린 기억으로 걷다
칼칼하고 고된 길에 엎어졌겠지
등에 업힌 고단함이
삭히지 못한 푸념처럼 흥건한 수액으로 수위 넘고 있다
맛의 풍미 위해
어슬렁거렸던 한 숨, 햇볕에 말리듯
감추고 있던 알싸함 물로 씻어내듯
더부룩한 속내 바람 앞에 털어버리듯
넣고 빼야 한다는 것 알았다

한 수저의 밥

음식점이 줄을 선 신촌 어느 골목을 걷는다
식당 안, 삼삼오오 모여 앉아 밥술 뜨고 있는 사람
그곳으로 들어가는 사람들 사이
골목이 내다버린 한 남자 쓰러져 있다
오가는 사람들의 왁자한 소리에 묻혀
굼적거리던 한 수저의 밥
바닥으로 엎어졌다
때가 되면 먹는 밥
한 수저 밥이 넘어야 하는 세상은 어떻게 다를까
소실점을 잃은 동공으로 더듬어 온 현장
한 톨의 쌀 얻기 위해 누군가는 일 년을 준비하고
밥벌이 위해 평생 분주히 보내는 사람들
그 속에서 한 그릇의 밥, 퍼주기 위해
물티슈 가지고 남자에게 다가가는 사람들
구불구불한 길 끝, 막다른 골목이 보인다
동요도 없이 꿈쩍 않고
사방으로 흩어지는 한 수저의 밥

꽃다지

볕은 남녘 꽃소식 부풀리고 있고
조용히 떠나는 무전여행이나 꿈꾸며 기다렸을 봄은
신열 가득한 언어들만 골라 땅속으로 흘려보낼 때
대지를 두드리는 소리 맑다
지천으로 핀 냉이 꽃을 볼 때
반경 안으로 들어오는 꽃다지라는 꽃이 있다
옮겨 앉은 뿌리 탄력을 잃듯
뭐라 말하지 않아도 빈 하늘 올려다보며
가슴 먹먹해지는
사람들의 무심 밖에 서성이는 아이
새로운 잎 잎은 무던히도
연둣빛과 초록을 쥐고
여백의 말을 보태기도 했다가 빼기도 했다
시들시들한 침묵이 골똘해지며
울음주머니 가득 마른자리마다
잘디잔 꽃망울 피워 올릴 때
햇살 한 움큼 더 얹어주고 싶은 아이

꽃 사이사이, 바람

촌수로 치자면 사돈의 팔촌쯤이나 될까 말까
그런 이들과 한통속으로 묶여 흘러야만 할 때
봄의 어름쯤에서
희망이란 꽃말 가진 꽃이
꽃망울 터트려온다면
세상 오르는 길목 서성이다
반나절쯤의 텃새 부리고 싶은 꽃샘바람
꽃 사이사이 이는 바람아
모진 모퉁이 돌아오는 꽃들에게
날카로운 눈빛으로 으름장 놓지 말거라
환한 웃음 뒤로 마음 곳간에 쟁인
눈물 두어 방울 남아 있을 수 있으니
아서라
평생의 간절함이
만개하지 못한 꽃봉오리로 남을지라도
다소곳 시들도록 비껴 섯거라

생명, 시간을 걷다

계절의 판이 움직이며
잠자고 있던 문 서서히 열리면
지면으로 솟는 여린 촉들의 뜨거운 입김
야트막 퍼지며
비릿한 숨 게워낸다
활화산처럼 용솟음치는 꽃의 무늬 결
생명의 리듬 흔들릴 때마다
가지마다 작은 분화구 열어 꽃물 흘리고
흘려진 자리마다 빛 말아 올려
등을 걸듯 덩이덩이 열매 걸어둔다
시간은
서서히 타오름
계절을 순환열쇠로 잠궈 버리면
제자리 찾아 휴화산처럼 식어가듯
도토리 낙엽 속 숨어드는 이유
풀벌레 땅 속 몸 뉘이는 까닭 묻지 않더라도
시간의 야적장에서 침묵으로 굳어가는 생명들

위아리에서

밝은 날빛 꾸물꾸물
이화꽃잎 흩날리듯 날리는 눈꽃, 송이들
삭풍에 잠 설친 나무 지나
풀벌레 눈 감은 곳 스쳐
시린 맥박 속으로
하분하분 다가서는 그대여
내 맘 삐끗한 어느 겨울
너에게 띄우는 연서 한 장 채우지 못했는데
예감했던 꽃잎처럼
바람의 갈피갈피로 얼굴 감추려드는가
오늘은
어느만큼의 시간 걸고
차가웁게
차갑게 돌아서며
물기 언어만 남겨놓고 가려느냐

밥주걱

일면식 있었던 없었던
세상에서 가장 따뜻하고 든든한 길 열어
새 생명 태어나 첫국밥 퍼 담을 때
우주의 힘 되라 했던 당신입니다
행行이 동動으로 옮겨지며
조금만 더
한 주걱 더 라는 덤, 퍼 나른 당신입니다
찹쌀 멥쌀 잡곡에게 조신조신 어우러져
뜸 잘들은 살과 뼈로 읽혀지라 하며
화르르 헤지는 조밥 보리밥일랑 고봉밥으로 건네고
목구멍 포도청인 사람들에게
당신은
희망으로 건네주게 했습니다
고들고들한 술밥, 삭혀지며 정情으로 흐르라 했고
밥그릇 높낮이 앞에선 중심 잃지 않았던 당신
산 넘고 물 건너 다음 세상으로 가는 길 조차 그냥 보내지 않고
이승의 마지막 인사 밥까지 따스하게 건네던 당신입니다

세상에 거居하며 활력소로
파수꾼으로 잘 살고 있습니다
당신은

바람의 손

서늘히 걸어 놓은 초승달 아래
거칠게 다듬어진 바람의 조각조각들로
동백나무 숲에서
집 짓는다
너슬너슬한 풀섶마다
둥지 틀고 앉은 바람의 흔적들이
바지랑대 높이 널려진 날이면
절벽마다
생채기 놓고 간
파도소리, 뱃고동소리
시퍼렇게 뿔 세우고
수평선 너머로 달려가며
제 가슴 헤집는
바람의 손

억새, 당신 꽃

하늘은 서럽도록 맑은데
비껴 앉은 두시의 햇살마저
망연히 벌판 지나고
저 혼자 바람에 볼 비비며 흔들리는
제 살갗에 살금살금 내려앉는
가을남자라고 새겨지는
그 남자
아직은 아니라고 손사래 쳐 보는데
제 몸의 중심은 벌써,
솔깃솔깃 고개를 끄덕이며
붉게 물든 찔레 열매 곁으로 기대보지만
오뉴월 땡볕부터 입추까지도
진초록 잎 물고 서걱대며 마른 가슴만 보이다
조금씩 시간 속으로 끌려들어가며
느슨해지고 헐거워지는 억새꽃 당신
찬비라도 훑고 나면 어쩌나
그 행색이야 불 보듯 뻔한 일 아시는지
하문 하문
그라제 그려
언제부턴가 추임새 넣는 연습을 하며

시려오는 바람에 끄덕끄덕
자꾸만 볼 비벼댑니다

수종사 오르는 길

두물머리에서 피올린 안개 밟으며
산 길 오르는데
가파르고 쉴 곳도 마뜩찮아
힘에 부치더니
턱까지 쫓아 온 숨
나, 밀고 당기네
굵은 돌 몇몇 내 몸에 매달리고
마사토 발바닥에서 미끄럼 타며
집요하게 따라 붙는다
젖은 모퉁이 돌고 도는 동안
스스로 선택했음 놓고
거듭, 채근하는데
간간히 껴입는 바람 한줄기
지친 영혼과 살 깨우고
밟고 있던 안개
재바르게 날아가며 휘바람 불러주네
앞선 누군가
시의 문
활짝 열어 주고 있었네

요만큼

의 밥 먹고
요만큼의 돈이나 시간 벌었다 하면
참 욕심도 없다 하다가
이 세상 끝날 즈음
요만큼 쓰거나 가져간다 하면
어떻게 생각 할까
어머니가 담아 주는 김치, 소소한 찬거리까지
조금씩 덜어내며 난 요만큼이면 되는데 하면
욕심이 그렇게 없어서 어떻게 사느냐 한다
요만큼이 어때서요 반문하듯 하지만
내 품에서 크게 벗어나지 않은
엄지 검지로 표현 할 수 있는 수량이라 좋고
노력 할 수 있는 분량이어서 부담 없다
적잖이 접혔다 펴지는 구김살
차곡차곡 쌓여 담백함으로 남아 있는
그 요만큼이 난 좋다
요만큼 하늘 보다
이만큼의 빛 탐하지 않은 거실에 앉아
요만큼 커피 홀짝이고 있을 때
행복하다

계절을 순환열쇠로 잠궈 버리면

제자리 찾아 휴화산처럼 식어가듯

도토리 낙엽 속 숨어드는 이유

풀벌레 땅 속 몸 뉘이는 까닭 묻지 않더라도

시간의 야적장에서 침묵으로 굳어가는 생명들

〈생명, 시간을 걷다〉 중에서

바다, 비늘이 버석거릴 때

02

그물 터는 남자

철 지난 화진포 해수욕장
주차장 가득 널린 그물 사이사이 오가며
그물에 엉겨 붙은 바다 속 살비듬 털고 있는 남자
선박기름에 얼룩진 옷
뒤축 다 닳은 슬리퍼 끌고
삶의 밑바닥으로 섞여들어 범벅되어진
보푸라기처럼 매달린 해초, 부식된 닻줄 어패류잔해
짠물 걸러내듯
파도를 털어내듯 떼어내려 안간힘 쓰지만
바람과 햇볕 속 반란이라도 일으키듯
하수구 썩은 냄새 쏟아놓는다
꾸덕꾸덕 마른 개흙, 불순물 마른 먼지되어
공기층을 비집으려는 듯 연신 재채기 한다
햇볕 풀석풀석 들추며 앉을 자리를 찾는 남루
폐장된 해수욕장에 이방인처럼 서성인다

촛불 - 다비식

헐벗은 어둠의 안식 입고
불 지핀다
이승의 마지막 여운인 듯
푸르스름한 불씨의 눈물 뜨겁게 머물다
깊은 정적 불러
흐르르 지는 꽃잎처럼 흘러내린다
닿을 수 없는 허방 속
푸~
욱 꺼지다
고요 불러 앉혀 놓는다
굽이
굽이,
심지 곧게 지탱해왔던 구천 구백 구십 구 인연 내려놓으며
불꽃 속 일렁인다
거멓게 일어서는 그을음 쥐었다 폈다 감아쥐더니
온 몸이 화구다
뼈 마디마디 주저앉으며
젖은 울음 안에서 밖으로

밖에서 안으로 사위어지는
생 하나
평온하다

빛으로 가는 시간

하루를 시작하는 출근시간
빛, 가느다란 눈 뜨고
째깍째깍 분침 시침 찍으며 버스에서 내린다
횡단보도 건너
레인보우 빌딩의 안과 밖 훑고 있다
섞이고 부풀려지며
삶의 행간으로 깊숙이 투시되는 빛
제 분량의 색깔 만지작거리다
그늘 한 쌈 남겨두지 않을 기세로 일어선다
오늘보다 내일
내일보다 미래 향해
징검돌 놓는 아이디어 번쩍이고
싱싱함으로 돋아 오른 꽃빛 환하다
콕콕, 반짝이는 정오 찍어 밥 먹고
초록빛 출렁이는 벤치에 앉아
테이크아웃 해 온 아메리카노 향 즐기는
빛들의 휴식
탱탱하게 서술해 놓은 시간
알차다

적막한 식탁

제3금융권 문자만 확인, 지움 반복하는데
배가 고팠다
꼬들꼬들 마른 밥 한 덩이 끓이는데
생각의 투망 김 서린 안개처럼 희뿌우옇게
고향집으로 퍼지고 있다
아버지가 가꾼 배추겉절이의 서슬 푸른 맛이
화롯불에 얹은 김치볶은밥의 누룽지가
육즙 끓어오르며 구워진 간고등어의 완고한 냄새와 함께
벌름 벌름 내 코로 모여들고 있다
동동주 한 모금에 싸르르한 취기
아버지의 얼굴과 겹쳐지며
사랑방 장지문 허공 여닫기고 하고
숯 검댕이 묻은 속살 노란 고구마의 따끈, 쌉싸한 맛까지
투망에서 건져보려는데
그 형체
어데로 빠져나갔는지
만질 수도 먹을 수도 없는
빈 투망뿐이다

다 식어 눅눅하게 불어버린 밥

자꾸만

배가

고

프

다

태백산 주목 - 오래된 집

아주 오~랜 시간
비바람에 삭은 문설주처럼 한쪽으로 치우쳐
돌쩌귀마저 걸 수 없는

느슨하게 출렁이는 거미줄에
거둬가지 못한 곤충들의 분신, 풍장風葬으로 남은

바람이 지나는 골목에서 수천번
제 식구들 떠나보내고 정적만 안고 있는

수액 빠져나간 기둥 아치형으로 뻥 뚫려 나이테 읽을 수 없는

골진 틈 사이 들고나는 작은 벌레, 들쥐들만 길 놓고 있는

아랫마을서 밟아 들고 온 이야길랑
구름에 흘려보내고 있는

구석구석 바스러져 삭은 흙, 살비듬처럼 와르르 쏟아지고 있는

머잖아 허방으로 집 주소를 옮길 것 같은

집

오시려거든

맑은 눈으로 오세요
푹푹 찌거나 쉰내 나는
혼탁했던 여름의 것들은 담아오지 마세요
소슬한 바람 정도는 괜찮겠지만
어설픈 풋내기
빈 꼬투리론 안 되겠지요
수그러들며 풍성해지는 대견함에
부디 자중하시고
주머니 가득 튼실한 씨앗 될 열매만 들고 오세요
치자 빛 향낭이나
감빛 풍경으로 오셔도 좋고
산야초 흐드러진 길
내 머리에 꿀밤 하나 얹어주는 도토리
쑥부쟁이, 산국 한 다발과 동행하셔도 좋겠네요
한 계절을 들고 오는 일
어디 만만이야 하겠습니까만
억지 쓰며 달려드는 태풍은 필히 떼어버리고
오시려거든
자연스럽게 오세요

인연

친정집 앞산에서 서너 삽의 흙 퍼와
국화꽃 뿌리 덮어주려는데
모종삽 속에 섞여든 밤 한 톨
가시 성성한 네 가문에서
툭,
떨어져 나올 때
다람쥐 곳간에 쟁여질 걱정, 애초에 하지 않았지
단단한 껍질 앙다문 채
솔잎 시침질한 황토 이불 덮고 잠자다
생명 순환 꿈꾸며
내년 봄
뻐꾸기 알람소리에 맞춰
여린 순으로 일어서고 싶었지
한 톨의 씨앗으로, 내게 온 것 보면
아마 너는 먼 - 먼 인연 속
어느 생의 한 모습
오늘 너의 평생과
대대손손 잘 살아봐야겠지
화분 속에 살며시 너를 뉘이며
다시
황토 이불 덮어준다

참깨를 볶으며

무쇠 솥에 참깨 볶는다
톡, 톡 토 독
참깨의 살과 혈들이 불 속 산화되기 전
깨알의 생각들을 깨워 깨금발로 뛰며
참 소문처럼 고소하게 퍼진다
입맛 잃어
도리질 하듯 깨죽깨죽 거릴 때
온 몸 헐어 누군가 감싸듯
뭉근하게 헛헛한 속 채워줄 수 있다면
참깨이고 싶다
사철 속살 탱탱한 물 회 속에 들어 앉아
사부작 댈 수 있다면
볶은 참깨이고 싶다
싱싱하고 푸르른 잎채소에 기대 앉아
풍미 더해 줄 수 있다면
오롯이 깨소금으로 살고 싶다

동백꽃

겨울 앓고 난 철없는 미망인처럼
핏빛 가슴 움켜진 채
초록 깃 속을 파고들며 붉어지고 싶었을까
파르르 떨리는 꽃잎 열어
샛노란 꽃술 정갈하게 심어놓은 모습 환하다
깊은 속내 한바탕 쏟아 놓을 것처럼
벙싯거리는 잎잎 사이로
맘 건너 뛴 동박새의 창백한 눈맞춤 있던 날
애꿎은 바람만 쪽빛과 푸르러
절벽은 동백꽃에게로만 머리 디밀고
차가운 빗방울
어느 생에게 무례함 아는지 모르는지
절정에서 헤플 사이도 없이
2월, 짧은 해를 등지고
지상으로 호흡 놓는다
뭇 인연의 기억 속 예를 갖추듯
붉은 꽃으로만 남고 싶었던
사랑이여

깨물린 자리마다 꽃, 잎인가

겨우내 된바람 깨물던 햇살
꽃샘바람과 는개 깨물어보다 성에 안차는지
내처 장대비를 깨물다
꼬옥 다문 나뭇가지 꽃봉오리 깨무는 입 속엔
젖니 솟을 때 근질거리는 잇몸 있다
그 잇몸,
젖무덤 찾아 아가 보채 듯 비비고 문지르다
말라붙었던 유선을 적당히 깨물다 놓아
상처도 덧날 일도 없다
물려진 자리마다 젖꽃판 열리듯
살갗을 뚫고 산수유 꽃 팡팡 터지는 사이
연분홍 사랑 비집는 틈
우윳빛 목련 허공
난분분 이화梨花 꽃 흩날리는 풍경 속
연두벌레 같은 순들이 흥건하게
흘림체로 번져오는
봄 날
만화방창
꽃이다
꽃,

잎이다
잎

비둘기

도심 인파 속 버스 타기 위해
일정선, 안으로 다가서다 물러서다 반복하는데
비둘기 한 마리
발에 으깨진 과자 부스러기 쪼다 눈치 보며 쭈뼛거린다
네 일생 목록에 있던 평화의 상징 어디 두고
어제와 지금 버린 채
남의 걸음 좇아
물질만능의 그늘 밑 배회하고 있니
내일 향한 길 위에서
혼탁한 먹이 쪼는 날건달로
사는 일, 내 참견 할 일 아니지만
완고하게 쏟아지는 말씀 중
어긋난 길 옆엔 반듯하게 다듬어진 길도 있다는데
이제 그만 도회지의 눈치 밭
지나가는 분량으로 잡고
날거라 예전처럼
가볍게 날아올라 옛 동산
산 벚꽃 아래

멧비둘기로 묵정밭에 앉아
전원田園노래 불러주었음 좋겠다

어둠의 집*

검은 휘장의 덧문 들추면
컴컴함 사방으로 걸치고 앉은 극빈의 집
세평도 안 되는 공간, 15촉 알전구만이 덩그마
니 걸려
어둠을 비추고 있다
걸음걸음
캄캄하고 암울했던 집안 들여다보다
굴 속 같은 가난의 시간 짚어내며
칠흑의 풍경을 찍고
암실 속에 갇혀있는 생각들을 꺼내
먹빛 어둠 한컷 한컷 베어내고 잘라 낸다
수정하고 압축해서
뭉텅,
수평선에 널고 있다

* 어둠의 집 : 부산 감천 문화마을에 있음

바다, 비늘이 버석거릴 때

내 아버지 아버지 아버지의 격렬했던 뒤척임
같은
방어 떼의 회청색 비늘
햇살에 얼비쳐 곡선으로 휘어지다
묽디멀건 셀로판지 한 자락 펼쳐 놓고 지나간 후
파도의 윗목에서 조바심치던
갈매기 꿈
부풀었다 수평으로 펼쳐놓는
갈맷빛 한 장
잘 쑤어진 서대묵같이
은은하게 벤 민트 빛
찰찰 차르르 흔들리며 이어지다
수면 깊숙이 눌렸던 도다리
금빛 물비늘 풀썩풀썩 들추다
시간의 결을 열었다 닫았다
삶의 음영이 잇닿은 뭍까지
해풍과 구름 햇살 속 출렁이며
색색의 셀로판지 구겼다 폈다 버석이며
휘감기는
그
바다에서

오리발

호수가 소란하다
잔잔하게 고여 있던 물 빼버리고
파헤치고 퍼 올리며 새로운 물길 열어야겠단다
장비들어오고 조경석石 하역 작업이 한창
물갈퀴는 물의 흐름 지극히 따를 뿐이라는데
참통발 들통발 노란 꽃망울 터뜨리다 나동그라지고
민달팽이 제 몸 움츠려 조약돌 옆 몸 낮추고
소금쟁이 긴 다리 앞세워 물위 까치발로 뛰고
송사리 떼 수초 속으로 쪼르르 콩 튀듯 정처없다
부리의 감각 물 속 물 위를 넘나들며
흙탕물로 난장 만든 후
뒤뚱뒤뚱 대로를 활보하는 오리발
평생
실리쪽으로만 부풀려 먹다
좋은 것은 떼어먹고, 먹고먹고 넣어대다
매의 눈에 딱 걸렸다
남의 말까지 잘라 먹던 습관이
미운 오리새끼였던 제 과거까지 잘라 먹어가며
아직도 오리발이다

소쩍새

한주의 노동을 내려놓고
무진장 불볕더위 숨어버린 저녁
부른 배를 문지르다 설풋한 잠결에
세상 잡다한 소리 꽉 들어찬 달팽이관으로
소쩍접 소쩍접 아둔하게 들리다
짙푸른 초여름 뒤적이며
바람 잎에 싸여 오는 목쉰 울음
소쩍 소쩍 박자를 맞추듯 메아리에 섞여 온다
한 번도 잘 차려진 밥상에 앉아보지 못 해
뱃고래가 등가죽에 붙은
울음 끝, 길다
천상에서도 끼니 걱정 했었나
저승 문을 뚫고 나온 애끓는 소리
차가운 이슬 물고
젖은 울음의 목 트인 소리로
서쪽 서쪽으로 넘어가는 삼경
허공에 솥단지 하나 걸어 주고 싶은 밤

물탱크*

하늘은 너무 가까운 듯 늘 직접적이다
비를 퍼붓거나 뜨겁게 온 몸 데우거나 하여,
코를 쑥 빼고 앉아 있는 날 많다
저 바다의 안개와 염기는 너무도 가벼워
바람을 타고 문안 여쭈며 소금꽃 놓고 간다
가끔씩 빗물이 두고 간 황톳물로 미열이 잦아지다
부글부글 뜬 속
구근처럼 들어 앉아 짐짐하게 맛이 변했던 것
먼 바다로 오가는 배들을 지켜보는 등대처럼
여남은 식구들 살뜰히 먹이고
더운 여름 야들야들한 등짝 어루만지며
제 살붙이들 챙겼건만
박박 쌀 씻는 소리 뜸해지고
헐렁하게 닳은 문고리에서 쏴아 ~ 찬바람이 인다
똑똑 수압 낮은 물소리 간헐적으로 들리다 말다
손전등의 불빛이 어스름 훑고 간다

---

* 물탱크 : 부산 감천문화마을 계단식 같은 집집이 물탱크가 옥상에 앉아 있었음

건듯, 스치는

03

안개

누가 소리 소문도 없이 이른 저녁부터 새벽까지
회백색 장막의 집을 짓고 있다
고립의 가닥 가닥으로 기둥 세워
판독불가한 문들을 촘촘히 걸고
초 미립 이슬방울 무늬로 벽지 바르고 있다
지붕은 구름의 여분으로 남겨두고
대문 밖은 명도 낮은 어둠을 깔아 놓으며
길의 생각을 꽁꽁 묶고 있다
불빛의 종적마저 묘연한 집으로 들어서는 순간부터
실내구조의 동선은 경계도 없이 지워져
물 먹은 솜처럼 가라앉은 말소리
저 혼자 고독했을 요기쯤의 방들과
좌충우돌, 육중한 침묵만이 꽉 들어찬 이쯤에서의 거실
혼란을 부추기는 거기쯤의 부엌과 화장실
잠깐의 아수라
내 동공과 늑골을 서늘하게 하며
오리무중이 진을 친

안개의 집
햇빛 섞인 미풍 서너 줄기면 실금이가서
해체되고 말 허술한 집

떨어진 꽃을 보면

눈물이 난다
앓는 소리 없이 맨발로
눈 덮인 산과 얼음 박힌 들녘을 걸어 온 것 같아
마음 시리다
쌓였던 눈만큼의 깊이에 갇혀 허우적이고도
얼룩 한 점 비치지 않고
아쉬운 표정 하나 없이
복사꽃처럼 환하게 웃다가
앵두꽃처럼 가볍게 흩날리며
어지러운 상념마저도 다 내려놓고 갔다
흐벅지게 제 흔적을 지우는 일
우주의 공염불로
자꾸만 눈 밑이 축축해 오는 것은
흐려지는 기억 속
쓰디쓴 수수꽃다리의 종알거림처럼
서른여덟 해를 살다간
미자의 모습

절벽

지나는 바람과
초승달을 걸어 둘 우듬지조차 키우지 못한 채
깎아지른 무정함만 바라보며
누구의 은신처도 되지 않았다
허리 꼿꼿하게 세운 자존감만
천상으로 밀어 올렸던 수억만 년
솜씨 좋은 석수장이의 손길 닿은 것도 아닌데
바람의 손과 비의 애절함만
가슴 훑고 갔을 뿐인데
참 희한 일,
사람들은 내게서 역사의 흔적을 보려하고
한 줄의 문장을 찾고
한 컷의 풍경 가져간다
이생,
전생 아무도 내게 뭐라 한적 없었건만
간발의 덫을 놓고 허방을 기다리는
가엾은 독불장군 하나
어느 행성에 서 있다

벽, 하나의 숨구멍을 열 때

어딘가에 서 있을 때부터 넌 벽이었지
성벽이거나 옹벽 장벽이었을
벙커 같은 요새에 가슴, 귀 가두고
냉기 가득한 회색빛 표정만 연출 했지
세찬 빗방울이 너의 가슴 두드리다
제 풀에 지쳐 아래로 흐르다 스며도 본체만체
개나리 낭창낭창,
낭떠러지 같은 네 어깨 주무르며 매달리다
허허벌판 같은 등짝만 만지다 돌아서곤 했지
네가 누군가에게 하나의 숨, 열 때
새침때기 엉겅퀴 놀러오기도 하고
천지간 방황하던 민들레
제 영토인 줄 알고 눌러 앉기도 하지
오지랖 넓은 담쟁이
마당발로 네 몸에 꾹꾹 밑줄 그으며
힘줄 돋은 손으로 파아란 불 켜듯
네 심장에 큐피트의 화살을 꽂는
여름

내 맘 속에 있더이다

곤궁한 마음의 가지 분별없이 새끼치며
중심 이탈한 손톱이거나 송곳으로
불손한 생각, 어깃장 놓으려 할 때
산으로 걸음 놓는다
내 속의 묶여 있던 북적임 덜어내라고
나무와 나무사이 비집고 선 담녹색 빛과 하늘
빛 공기
어서 오라며 앙가슴 문질러 준다
내려다보면 초록지붕 가득한 정원인데
분주함은 어디에 있고
모서리는 어디에 각을 놓고 있단말인지
뭉게구름 양 떼 몰고 흘러 흘러가고
뻐꾸기 동그랗게 동그랗게 울어오며
걸리고 묶였던 것 풀어 준다
자꾸만 소박해지는 맘
밥 냄새 기우는 저녁을 향해 걷고 걷는데
하루쯤 한뎃잠을 자보는 것은 어떠냐고
너른 바위 옆 등 굽은 소나무
내 눈을 잡고 있다

땡감

호랑이도 달래지 못한 우는 아이 울음
뚝! 그치게 했다던 곶감이
풋감의 떫은 맛 잊었듯
온전한 감, 되기 위해
햇빛 몇 쪽과 구름의 페이지에 섞여
하루하루 학습하며 산다는 것은
땡감으로선 난감한 일
아직은 질리도록 떫은맛만 지녔을 그가
풋것인 채,
또 다른 시도를 모색하다
세상 근심 속으로 한 발 앞서 나온 것인데
설익은 비릿함 감추고 싶지 않은 것뿐
내밀한 틀에 얽매이기 싫었을 뿐인데
모호한 날을 빌어
엎드려 궁리 중인 생각을 묻기부터 한다면
견디고 있는 청춘에게 미안한 일
제 몸 빌어 담갈색의 묵묵함 고이기 전까지
묻지 않기로 할 일
날개 하나 채색 될 때까지 지켜 볼 일이다

풍경, 눈 속에 갇히다

새파랗게 벼린 하늘아래
전깃줄 타고 넘던 바람 울음소리
쌓인 눈 속에 파묻히는 아침
장 솔가지, 잔가지에 얹힌 설화
멧새들의 날개깃에 스쳐
햇빛 속 흩뿌려지다 눈밭으로 내려앉으면
까치와 삽살이 쫓기고 쫓으며 남긴 발자국
빈틈없이 덮고 가는 바람의 손
풍경이 쌓인 눈을 보고
그 눈 속에 갇힌 풍경
나의 눈으로 가득 차
첩첩 눈 속에 갇히다

선인장

지층에서 흐르던 물소리
간간이 뿌리던 여우비도
해안선으로부터 날아든 안개마저
푸석이는 먼지, 마른 바람이 들고 가는 날이면
한 방울의 이슬 갈망하다
제 몸 성장점마다 경계 긋듯
잔가시 박고 앉아 있다
가시를 쥔 안쪽 여리디 여린 살갗으로
푸른 잎 기억 더듬으며
수십 미터 아래 물 길 찾아 나서지만
지글거리는 불 볕 더위
따끔거리며 쏘아대는 모래폭풍 속
더딘 걸음
푹푹 빠져 허우적이다
주저앉다 발 뺀다
수척하게 뒤틀리며 경직되어가는 뿌리
바짝바짝 타 들어오는 입술 깨물며
제 살갗에 열려있는 숨구멍들을
길 눈 밝은
어느 별에 의지한 채

걷고
또 걷는다

아직 죽음을 읽지 않으마

실타래같이 엉켰던 인연
무거웠던 등짐 내려놓았다
이승에서 마지막 걸친 베옷 한 벌마저
연기 속 올올이 풀어 넣으러 가는 길
비상 깜박이 켜져 있었다
마지막 처소로 가는 길이라고
잿빛구름은 무거운 침묵으로 울고
산 사람이나
망자 태우고 화장장으로 가는 차량이나
그 곳 빠져 나오는 이 모두
붉게 충혈된 눈으로
먼 곳 배웅하기 위해
연신 벽제 화장장 빠져나오고
천천히 들어가고
저 거룩한 의식의 배려 앞에서
나는 깊은 죽음을 읽고 있었다

불빛 단상

셔터의 침묵이 내려지고
햇빛의 잔광이 땅속으로 접혀들면
거리로 눈 뜨는 불빛들
대로大路에서 좁은 골목, 낮은 처마가 생계인
곳 까지
띠를 두르며 들불 번지듯 주행하기도 하고
위에서 아래로 흘러내리기도 하는 불빛의 춤
빛의 이편에서 어둠 보며
환한 쪽으로 구석구석의 어둠 끌어낸다
꿰뚫어 보는 전조등처럼
작은 부유물에서 모멸까지
굴절된 무늬들은 경련 일으키기도 하지만
시간이 상속해준 칠흑 보듬어 감싸는 불빛들
따뜻하다
그 속에서 어둠이 꾸벅꾸벅 졸고 있다
고요를 딛고 미적지적 깨어나는 새벽이
푸르스름함을 읽는다

건듯, 스치는

스쳐온 시간 어느 귀퉁이에 박혀 있다가
불현듯 내 감성 낚아채며
기억 저편에서 이쪽으로 짬을 내 다녀가듯

동창회가 있는 날이면
내 유년의 미술시간 활짝 열리며
내 짝꿍들
장미가시였다가
채송화 꽃으로 앉아 있다가
해바라기 꽃으로 활짝 피어 껑충하게 다가오듯

빛바랜 앨범 어느 페이지에서
절제된 박 선생님 치어리더 동작에
와르르 쏟아져 나온 갈래머리 소녀들
방방 튀어 오르듯

길을 가다
누군가 날 부르는 것 같아 돌아보지만
아무도 없는 길, 혼자일 때
문득 두려움 일듯

그냥
뜨거울 것도 식은 밥도 아닌
잠깐였던 것

입동

잦은 바람이 나무의 몸 훑고 가는 날이면
투명하게 쏟아내던 열정
가만가만 놓아야 한다는 것
나무는 알고 있었을까
잎 푸르게 감싸 안으며 길게 숨 뿜던 여름
천둥과 비구름 사이 비 당겼다 놓고
햇볕과 바람 선명하던 날
얹히지 않을 정도 빛과 바람 맞아 드렸다
품으로 날아드는 풀벌레, 그 품에서 날개 깃
부풀려 날아간 새
함께 읽혔던 돋을무늬로 된 기억들
하나
두울 강물로 흘려보내고
늑골 속으로 파고드는 바람에
붉게 물든 노을조차 수족냉증을 앓는
지금은 입동
차갑게 식어가며
맑은 소리를 쥔 낙엽들이
땅속으로 접선을 끝내고
지하로

지하로
맨 살갗 뉘이는
어느
몸

첫눈

조경석 사이사이 뿌리내린 연산홍 잎 위
아기 눈빛 같은 송이들 살포시 앉아 있다
지상에서 첫 눈 뜬 순수
바람의 입술이 후후 불어대고
세상의 바다에 키를 늘린 햇볕
따뜻한 온기로 보듬어 온다
맑고 깨끗한 순백의 살갗
배내짓 만큼의 눈 맞춤
반짝이는 눈빛

겨울 유감

골똘한 생각들이 쪽잠을 자다 불면으로 길 내는 날이면
북풍, 발가벗은 감성 모질게 몰아세우며
풀썩풀썩 살갗 들추며 고문 한다
꽁꽁 언 영혼 속으로 스미지 못한 활자들이
미끄러지고 나동그라져 욱신거리는 통증
점령군처럼 내 머리 속 헤집다
세간에 뒹굴던 부담 없이 가볍게 썼던 언어조차
겨울 속에 갇혔다
아래로
아래로 흐르는 문장
쩔꺼덕 얼어붙어 허연 등속 보이다 벼랑 끝 매달려
침묵,
잠잠히 온기 밖 서성인다
창백하다 못해 앙상한 문장
칼날 같은 한파에 댕강 잘려나가는 새벽
봄은 지면에서조차 멀다

화장실 쓰레기통

그대들이 내 앞에 앉아
매번 다른 고통으로 신음할 때
덤불 같은 속에게 안부 묻고 싶을 때 많지요
오늘은
거래처 모 사장님과 옥신각신 실랑이 끝
짜디짠 회답,
오장육부 쥐어뜯으며 허혈성 괴변 쏟아내는
그 허탈감 알지요
갑작스런 친구 부음 소식
괴로움 술잔에 들어부으며
좀 더 라는 말로 가슴 후볐을 그 맘
오죽했으면 밤새 내 곁 왔다갔다 했을라구요
장場에서 장臟으로 마무리 하는 하루의 소모전
내 앞에 일상의 패 드러내 놓고
요지경 같은 난장에 앉아
이러지도 저러지도 못하는 심정
왜 모르겠어요

불협화음

편안해서 자주 입었던 스커트 단, 올이 풀려
뜯어졌다
빼죽이 내려앉은 모습 신경 쓰여 꿰매려는데
접혀있던 부분에 침전물처럼 비집고 들어앉은
잔 먼지와 보풀
빠져나가지 못한 앙금 같다
단정한 매무새 위해 손빨래 하고 다림질 해
옷의 균형 잡아보지만
보이지 않은 구석, 면과 면 부대껴
가랑비에 옷 젖듯 불협화음 쌓여 갔던 것
야금야금 불거진 일에 당혹스러워
잔 먼지와 보풀 털어내고
서툰 솜씨로 꺾인 부분의 옷감 마주 잡아
양면 한 땀씩 뜨며 세발 뜨기 한다
손에 감각 최대한 살려
실, 잡아당겨준다
안쪽과 바깥의 바늘땀이 고르다
다리미로 한번 더 지긋이 감싸준다
깔끔하다

누가 소리 소문도 없이 이른 저녁부터 새벽까지

회백색 장막의 집을 짓고 있다

고립의 가닥 가닥으로 기둥 세워

판독불가한 문들을 촘촘히 걸고

초 미립 이슬방울 무늬로 벽지 바르고 있다

지붕은 구름의 여분으로 남겨두고

대문 밖은 명도 낮은 어둠을 깔아 놓으며

길의 생각을 꽁꽁 묶고 있다

〈안개〉 중에서

때론, 비가

04

주름
그 날
그 섬에서
강물 위 흘려보내야 할 빗줄기
강물은 알고 있을까
3월, 바다
돌들은 어디에 생각 둘까
폭포
때론, 비가
저 강물은
네 것 아니거늘
누군가의
서해바다
또 다른 이름
보일러

주름

맨살 위를 더듬던 바람
잔물결로 주름 접고 있는 무논
오글거렸던 씨앗 가슴 열고 주름 편다
어릿어릿 풋것, 들녘과 골짜기를 타며
원근으로 접혔다 펴지는
사이 아름아름 말문 터오며 홑겹으로 잔주름 잡다
들숨으로 겹겹 주름 잡는
사이 아스라이 들판을 건던 땡볕 속으로
한바탕 여우비의 후줄근함 다녀간
사이 구겨놓은 주름 반짝 펴진다
계절의 반경 안
짙푸른 일기를 쓰며 접어 넘기는 한 장의 달력 위
삐끗한 발목을 감추기도 했다가 내 놓기도 하는
사이 촘촘한 이파리와 늘어진 나이테
사이 느리게 앉았다 일어서는
주름사이
단풍잎 하나

그날

태풍 볼라벤이 요동치는 바닷가
천둥 번개의 울음은 포효하는 사자처럼 사납고
달려드는 바람
방향도 없이 온천지를 휘감으려다 풀어 놓아
일상의 편편 속으로 쏟아지는 빗줄기마저 어지럽다
출항하는 어선들을 배웅하던 갈매기의 날개짓
만선의 기쁨 속 방생되는 치어들을
눈치 없이 낚아채던 부리의 방종
오늘은 부재중이다
경계도 없이 수신受信 되던 모든 통로와 길, 막히고 끊어지고
절박한 몸부림조차 바다 밖으로 퇴출되어
낮은 지붕 위 오도가도 못 한 채 앉아 있었다
갈매기들의 떼궁한 눈빛만 사방으로 조도를 높여보는데
집채만한 파도 연신 방파제를 때린다
길은 온통 통곡 소리만 그득한 채
난파된 꿈만 울부짖는
속초 청호동 바닷가

그 섬에서

섬 속으로 엉켜들던 해무海霧 사이로
낯, 가리듯 웃자란 낱말들이
눕지도 서지도 못한 채 허우적이다
바람이 삼키지 못한 가시랭이 같은 단어들만 흰 띠 이루며
밀려왔다 밀려가는 섬
시어들은 나와 함께 자맥질하다
초승달 같이 얄팍한 문장으로 일어서는 시간
뭍을 향해 날아가던 안개
내 눈 속 들여다보다
살그머니 볼 옆으로 다가와 갸웃갸웃하다가
생각의 깊이까지 만지작거리다 안 되겠는지
미풍에 실려 간다
감성은 졸음에 겨운지 잔잔하게 시간 밀고
바위섬 붙어사는 물이끼 홍합 따개비처럼
짠물 켜며 스스로 키워 꼼지락거리는 언어들이
행과 년에 살을 붙이듯 앉아 있다

달빛이 감청빛으로 번져오는
그 섬에서

강물 위 흘려보내야 할 빗줄기

연회색 안개 늪에 갇히고서야
나도 빗방울 담고 있다는 것 알았다
밋밋했던 수심 집어 올리듯 한 빗방울
내 안에서 소용돌이치며
진득거리다 쏟아지는 장마처럼
강물 흔들기도 하고
먼지 같은 보슬비로 지나기도 했다
흘려버리고, 쏟아버리는 사이
마음의 깍지 꼈다 풀었다 하며
안으로 던지는 무수한 질문들
붉은 동통으로 부어오른 상처 짜내고
약 바르며 살아오는 내내
흘려보내야 할 빗줄기라면
마음의 둑 허무는 일 없도록 하기로 했다
발을 씻는 시간
가만히 발을 본다

강물은 알고 있을까

쓰나미에 밀려 제주도에 상륙한 그녀
차가운 밤이슬에 얼굴 씻으며
현란한 도시 속으로 노 젓는다
가곡과 발라드의 파고 넘나드는
화란이란 이름을 가진 남국의 가수
야자수 그늘 아래 두고 온
어린 뿌리 생각 날 때마다
그리움의 선율 안단테에서 모데라토로 넘어가며
목젖을 타고 넘는 어눌한 발음
완벽한 음정 되지 못한다
내일은 희미한 안개 속 빛이길 바라지만
별빛도 마시지 못한 이국의 밤
파도의 해일 넘는 아이의 옹알이 소리
어미의 품속 파고들며 유선乳腺 자극 해 오면
환태평양의 지진 해일로 소용돌이쳤던
물 폭탄의 위력만큼 큰
공허
그녀의 가슴을 쓸고 간다

3월, 바다

에 가보았니
흐적흐적 진눈깨비 날리고
바람마저 퉁퉁 부어 웅웅거리는 방파제 옆
동백꽃 뭉텅뭉텅
겨울 보낸 설움 쏟아놓는 곳
날것으로 살아오는 내내
가슴 속 섬 하나 솟아
마른 밥풀처럼 버릴 수도 삼킬 수 없었던
근심 보따리
풍덩 풍덩 바닷물에 던져 버리고
간간한 눈물 서너 방울 훔치고 싶은 날
바다에 서 보았니
생각의 단층, 하얗게 부서지며
모난 알갱이 안팎에서 빠져 나갈 즘
새들도 바위섬 딛고 잠시 숨 고르는 곳
수평선으로부터 퍼져오는 햇살
목울대 넘는 썬득썬득한 냉기 매만지며
3월, 바다에게
어서 일어서라 비추이고

먼 바다로
목선 한척 기우뚱 기우뚱
파고 넘는 그 바다에
가보았니

돌들은 어디에 생각 둘까

폭우에 쓸려 흙 속에 묻혀있던 돌들이
땅위로 쏟아져 나와 있다
비빌 언덕 하나 없이
오롯이 제 등짝 내 놓고
파석으로 앉아 있는 모양들
생각은 돌의 맘 멀리 풀어 놓을 때
백 년이고 천 년쯤
어느 가문 대들보 바로 설 수 있도록
주춧돌로 살고 싶었다
반듯하게 다듬어진 섬돌로
딛고, 도약 할 수 있는 발판되어 주고 싶었다
돌담길 정겨움으로 웃음주거나
누군가의 동공에 머무르며
한 컷의 풍경으로 남고 싶었다
머-언 먼 석산에서 떨어져 나올 때
이리 밀리고 저리 밀리며
남의 발목 불편하게 하고 싶진 않았을 터
응달에 앉아 있는 바위들도
젖은 이끼를 품어
숲으로 포자 날려 보내는데

울퉁불퉁한 길 다져질 때
이 한 몸 기꺼이 섞여 들일

폭포 - 소통

네 모태가 뭉게구름이었던 먹구름이었던
산도山道 따라 세상 밖
흐르기로 작심했다면 흘러가렴
유채색의 언어들만 골라
천년 바위 침묵도 쓰다듬어 보고
툭
툭
튼 살 속 파고들며
메마른 뿌리 초록물 오를 수 있도록
길 열어
꽃과 꽃 사이
둥근 물방울로 제 빛깔 찾아주렴
긴 긴 물줄기로 흐르면서
부르튼 걸음이 차버린 돌멩이 하나
물수제비 뜨며 날아들면
그 파문에
잠시 흔들려도 주렴
흐르고
흘러나가다
바다에 이르는 날

어느 강줄기 물빛을 되새김질하며
적당히 간 맞추어
섞여 주렴

때론, 비가

툴툴거리듯 공기층을 파고드는 빗줄기 속
산나리색 우산 쓰고
어깨에 얹힌 팔과 함께 걸어가다
뿌우옇게 김 서린 카페 유리창 안 들어다 보네
음악, 빗속을 둘이서 에 취해
보일락 말락 손가락 글씨로
서로의 맘 표현하는 연인을 보네
모카향 몽실몽실 피어오르는
창틀에 걸터앉았던 풍경
어느 시간 속 더듬다
무심에 안겨 있던 기억 일으켜 세워
추억 한 컷 꺼내주네
찰바닥거리며 흘러 흘러오는
스물 셋 젖은 그리움이
누군가의 안부 묻네

저 강물은

저 강물의 물빛은 유순하기도 하지
굽이굽이 돌아오는 동안
홍수가 몰고 온 급물살에 쓰레기 더미 치는
액厄이라도 사람이 정한
요만큼의 뚝 방을 넘지 않고 흘러
마을 안녕 보았지
오랜 세월 물길이 가져 온
깊이만큼 두루두루 헤아리며
작은 물길로 흘러들어
어느 댁, 뉘댁 할 것 없이 자손 성불 도왔지
산 그림자를 담을 때
하늘빛, 나뭇가지에 담겨있는 그림 가져다
물고기 눈망울에 초로록 비춰주곤
달빛 쏟아 놓은 금빛 타고
말갛게 말갛게 흐르라고만 했지
어쩌다 모난 돌 날아들어
깊은 심연 파문 일으켜도
물살로 쓰다듬어 조약돌로 구르게 하듯
네 맘 내 맘
물길 닫고 흐를 때

모래톱에 걸러진 맘 같은 강물만
오래오래 흐르라 했지

네 것 아니거늘

폭폭 찌는 일상을 바다에 헹군다
찰바닥거리며 걷다 서다 반복하다
가만히 서서 발가락 꼼지락거리는데
모래, 조개껍질들 발바닥 밑 빠져 나간다
수만년 짜디짠 물속에서
집착도 없이 제 속엣 것 내어주며
쓸리면 쓸리는 대로
밀려오면 오는 대로 흐르는 것 본다
우주 공간에 머물고 있는 아주 작은 편린조차도
네 것 아니거늘
탐하지 마라 철썩
하지 말그라 철썩
회초리 친다

누군가의

짱짱한 숲 걷는데
잎과 잎 쓸며
무너져가는 울음 여름 부여잡고 있다
참나무에서 울음 끝 굴리다
나무와 숲 사이사이 비집는데
바람은 넌출 그 소리 잡아당긴다
허공으로 쌓는 목쉰 소리
생의 언저리에 얹혀
초록모퉁이를 돌아들며
계절의 안팎을 읽고 있다
맴 맴 매-엠 매---에--엠
쓰걱 쓰걱
하향곡선을 타며
땡볕에 울음 말아 올리다
하루,
이틀
조
　금
　　씩
구름 사이로 소란 떠 간다

서해바다

대처로 나갔던 썰물
갯것들을 앞세워 사립문 밀고 들어앉으면
숭어 몇 마리 튀어 올라
문안 인사 여쭙는 서해바다
바람의 갈퀴 물살 끌어 뱃길 열어
목선 한 척 분주하게 따라나서는 마을
성근 그물 속으로
뭇 생명들 건져 올려 질 때마다
짠물 이랑을 빠져 나가는 시름 맑다
그물코를 깁던 투박한 손, 호사 부리듯
동죽으로 파전 부치고
간재미 초무침에 얼근하게 취해
평생 부려놓은 넋두리 한 대목 풀어 놓는 곳
햇살이 바닷물에 간 맞추다
적막한 시간을 털어 놓으면
썰물 물러 앉은 자리 가득 염기 채우는 바람
잇속도 없이
질박한 살 냄새나는
서해 바다

또 다른 이름

바닥과 계단 사이
사람의 능력으로 조절 할 수 없는 높낮이가 있다
바닥으로만 목책 두르고 그 안에 갇힌 사람들
청계천서 기하학 나염 찍던 이형
IMF 부도로 은행권에 쫓기던 김 사장
건설 현장서 막노동하다
척추 5번 7번 다친 송 씨 아저씨의 빈 그릇엔
모래알 같은 노모의 한숨, 고봉으로 쌓이고
아른아른 눈자위 붉히며 얼비친 아이 얼굴
무거운 돌덩이로 가슴에 얹히는 날
어느 시간이 휘말린 것 같아
살아지는 것, 더 힘겹다
영등포역 시청역 을지로 지하도를 거쳐
차가운 바닥마저 끙끙 앓는 밤
노르스름하게 말라비틀어진 꿈
체념의 동굴 속으로 처박힌 채
서울역 지하도
노. 숙. 자. 씨가 살고 있다

보일러

바람막이 한 장 걸치지 못한 낮은 처마 밑
검버섯 뒤집어 쓴 보일러 통
선잠 깨듯 부스스 일어서 있다
덩그러니 기대어 누군가의 손길 기다리는,
깊은 겨울
한번 훑고나가 돌아오지 않은 별처럼 아무리 당겨보아도
그의 출생지처럼 늘 응달이거나 단단한 벽 이었다
제 타이머에 맞춰 맥박 짚어내는 자원봉사자의 체크 뿐
그것마저도 며칠째 끊겨버린
목에 걸린 듯 쇳소리 내는 동력의 파열음
무표정하게 허공 응시하는 날 잦아지다
간밤에 기인 선을 타고 부저가 울린다
깜박깜박 에러가 뜬다
미로처럼 연결된 접지선마다 외마디 비명 지르며
투두둑 끊어져 엉켜버린 혈관들
쏘다지는 검붉은 액

싸이렌 소리 울다간 다음날
그 자리
휑하다

천둥 번개의 울음은 포효하는 사자처럼 사납고

달려드는 바람

방향도 없이 온천지를 휘감으려다 풀어 놓아

일상의 편편 속으로 쏟아지는 빗줄기마저 어지럽다

〈그 날〉 중에서

이젠 그랬으면

05

민들레 1

대한 석탄 공사 장성광업소 앞 노천변
바람의 살 속 헤집다 굽이굽이 산 첩첩, 물 건너
먹구름 뚫고 온 민들레
사루비아, 강아지풀 사이 소복이 자리 잡고 앉아 있었지
그가 견디며 살아 온 기억은
팍팍한 도심 속이거나
시멘트 바닥 어느 귀퉁이
금이 간 쪽문 열고 제 몸 하나 비집고 들어앉았거나
가파른 언덕에 엎혀 있다가
먼지와 소음 홈빡 뒤집어쓰고 납작 엎드려
겨우겨우 제 뿌리 지탱했었지,
바람에 휘둘리다 빗방울에 뒹굴다
이곳 정착지로 발 꽂은
세상살이 뒤엉켜 깨져버린 꿈들 하나 둘 주워 담아
막장의 깊은 터널 속으로 구겨 넣고
비탈진 곳 내리구르다 쌓였던 노독을
삼키지 못할 채탄가루에 섞어

콜록콜록 바튼 기침으로 쏟아내곤 했었지
사는 것이 모진 말보다 아프게 다가 올 때
쓰디쓴 진액을 쏟아내었던
빗물에 씻겨진 자리마다 휘청거리는 잎 위로
물방울 초롱초롱
어깨 비비작대는 민들레들 보았지

민들레 2

솜털처럼 부푼 겹씨, 줄기 끝 물고서
바람 앞에 앉았구나
손끝으로 갈 곳은 정했느냐 물었더니
흔들흔들, 아직은 생각 중이라는데
들녘의 알곡과 꽃씨들은 하나 둘
제 집의 곳간을 찾아들고
네가 거처할 정원은 마뜩찮구나
물설고 낯선 땅으로
년 중 행사처럼 너를 떠나보내야 하는 이즈음이면
비구름은 잠시, 제 품에서 멀리 벗어나지 말고
젖은 채로 비껴 섰다 네 영토를 넓히라는구나
너를 어디로 데려 갈지
바람의 속내는 알 수 없고
집요하게 따라 붙는 방랑벽은 아무도 막지는 못하고
간혹 에둘러 오기만 바랄뿐
달동네든 산간 오지 초막이든
네 몸 부린 곳 그곳이 네 뿌리 내리고 살 곳이거늘

내년 봄
꽃으로나 안부 전해주면 좋겠구나

나무 이야기

모과나무가 말채나무를 양팔로 깍지 낀 채 안고 있다
나뭇잎 손, 긴 팔처럼 등 토닥여주고
모과나무 뿌리 한 귀퉁이
허공에서 바람과 노숙하며 건던
쥐똥나무 씨 어린 아이 모습으로 서 있다
바람 끝 울고 있던 가지
따뜻한 손으로 조물조물 감싸주고
빗방울이 놓고 간 울음 털어내는 밤
토닥토닥
별빛 끌어 서로에게 덮어 준다
소슬바람에 문안 여쭙는 겨자 빛 향낭 주렁주렁
모씨네 정원을 환하게 비추고 있다
그 향기에 취한 말채나무 거울 보듯
들고나는 새들에게 쉼터 내주고
쥐똥나무 풀벌레에게
겨울 날 수 있도록 가지 한 귀퉁이 내어준다
세 그루의 살림살이
소복소복 빛이 난다

자작나무

산 그림자의 반 토막도 안 되는 겨울 해, 입었다 벗었다하며
제 키 늘리지 못하는 나무
매섭게 몰아치는 바람에 부르르 일어서듯
둥지를 틀고 앉은 양파 껍질 같은 편린들
시간 앞에 세워 놓는다
불면으로 몇몇 밤 끔지락대다
갈피갈피를 헤적여
거뭇한 통점으로 감겨있던 어제를 벗겨내고
부스럭대던 귓속 허드레 말
흘러가는 구름에 실어 보낸다
조금씩
조금씩
겨울해가 봄쪽으로만 링거줄을 꽂아
나무의 둘레를 껴안는 자작나무 숲에서
제 몸을 박피하듯 갈무리하는 자작나무

청량한 현들이 추웠던 몸 어루만지며
무뚝뚝한 혈을 깨운다

부처손*

부처님의 손, 중지처럼 말아 쥐고
누구와도 마주 잡을 수 없었다
산 아래
실핏줄처럼 얽히고 설킨 인연
닿을까
부채살처럼 퍼진 곡절 많은 사연
스칠까
흘러가는 구름에 떼어 보낸 맘
찰나의 모순어법처럼 부재되지 않은 날 더 많아
단단하게 구부려 단속하며
꽃으로도 씨앗으로 마주하지 않았다
산 위쪽으로만 기대앉아
산경山景에 눈 씻고
이끼 낀 바위 경전삼아
세상으로부터 비껴서는 법 배운다
생의 처방으론
다음세상
깊이깊이 풀어져 진하게 우려진 몸
뜨겁게 만나기로 한다

---

* 부처손 : 폐암에 좋으며 다려서 식용으로 드실 수 있음

넌지시

벤치에 앉은 노부부
주거니 받거니 건네주고 있다
실금처럼 엉겨 격했던 말의 껍질 깎아내고
삼킬 수 없는 씨앗의 말 도려낸다
발려낸 멜론 안쪽으로
무르고 달디단 것만 흥건하다
가만가만 잘 익은 쪽으로만 골라 서로에게 건
내는데
삭히며 삭으며 깊어진 말들이
부드럽게 접히며 순하다
역하지도
밍밍하지도
새콤하지도 않은
그 끝의 유순함
안팎으로
쓰다듬고 있는
말

쌈

쌈 싸 먹기 위해 채소들 손바닥에 편다
넓게 편 푸른 잎 위로
제 속 다 내놓아 실없는 갈치속젓
종이호일처럼 얄팍한 차돌박이
혀끝에 불 지른 성깔 사나운 청양고추 소금장
까지 받들고 있다
부모님 두 손 모아 나, 키웠지만
이렇게 공손했던 적 없었던 것 같은데
세상 존귀한 것조차
이 손으로 받든 적 많지 않았것만
천연덕스럽게 행하는 모습
진정
받들 것과 받들지 말아야 할 것
구분해 가며 살라는 말씀 아득하지 않은데
온갖 것 다 받들어
입과 배 채우고 있는
손, 부끄러워
쌈 한 입
곰
곰
씹어 본다

아슬아슬함의 美

미처, 속내도 알기 전
동공 속 레이더망에 갇혀 타오른 불꽃
경계지점을 넘어
머쓱한 가슴으로 전이되어지는 감성의 파장 하나
그 자리에 주저앉혀
오지 속에 가둬두고
제풀에 가물어지길 기다리지만
배웅하지 못한 미련, 핑계 삼아
사위어가는 불씨의 끝 잡고 있다
타오름과 사위어짐의 경계에서
무의식의 세계를 흔드는 이끌림, 풀무질 해댈 때
푸르스름 불꽃으로 되살아나는
현기증 하나

감태

뻘 바닥에 발을 꽂고 있는 몸도 초록 꿈 꿀 수 있다니
긴 머리 풀어 헤치며 물살에 일렁이는 해초
세상은 온통 짜디짠 흙탕물이어서
어둑어둑하고 질퍽한 곳 제 집인양
가진 것 없는 어미는
물때를 살피며 흔들리고 있다가
매운 눈물로 차갑고 습한 바람을 날랐으리라
저릿저릿한 한기 온 몸 감아 온다
하필이면 춥고 짠 바닥에서만
등에 업힌 가난 칭얼대는지 모르겠다
한 움큼의 감태 손아귀에 잡아 본다
얼기설기 얽힌 발에 허리를 펴고 앉아
눈물 뚝뚝 흘리다 말고
해안가 양지바른 곳에서부터
도시의 이 골목 저 골목 배회하다
뻘 속 같은 어둠
한 꺼풀씩 벗겨 내며 일광욕 하고 있다
갯비린내 나는 그대에게서
왜 이리 풋풋한 상큼함이 풍겨오는지
입안이 환하다

모자이크

교보문고, 점점이 서거나 앉아서 책 뒤적이는 사람들
대형 액자의 모자이크 그림 보는 것 같다
한 사람 한 사람이 그린 밑그림 위에
제 문양의 빛깔로 대작을 준비 중인 사람들
지층에 새겨졌던 수많은 언어에서
위성이 쏘아올린 첨단까지
편편 갈피갈피 담겨진 옥석들만 골라
조각조각 화판에 옮겨 놓는다
색감色感 잘라 붙이고 이어 깁기 반복하며
밀도 있고 세분화된 그림, 완성하는 접점에선
다시한번 꿰어 넣기도 한다
각자의 수작을 위해
거칠고 돌출된 부분 도드락망치*로 다듬어
매무새 만져가며 소통하는 사람들
쪽빛 바다 순풍에 흐르는 돛단배의 그림도
나무 그네에 앉아 헤이즐럿 즐기는 풍경화도 좋다
개미와 베짱이가 합동 콘서트를 열고 있다

* 도드락망치 : 돌 인조석 콘크리트 표면의 돌기들을 곱고 평평하게 마무리하는 도구 (정이 5-20개정도 있음)

풍경

보초를 서듯 애기부들 줄 갈대 일렬횡대로 서 있는 호수가
50여년 어깨 겯으며 온 부부 사분사분 걷고 있다
구경꾼처럼 울을 친 나목들이 촘촘했던 간격 풀어
재 살점 털어 내고
눈 속으로 채색되어지는 바람의 날개 시간 돌리며
물살개 켰다 폈다 한다
저 만큼의 뒤에서 언뜻언뜻
자동차의 속도는 어딘가로 향해 가고
석양은 미끄러지듯 수면 속으로 감청빛 풀며 잦아들고
풍경 속으로 스며드는 이내, 부부를 흡입하듯
야금야금 시간을 갉아 먹으며 젖어오고
평화로움, 그 애잔함에
울컥
눈물이 물꼬를 튼다

홍제동 유진 상가

내부순환도로의 속도에 숨이 찬 주상복합 아파트
아래를 내려다보면 가끔 속이 더부룩해 소화제를 찾곤 한다
창문마다 얼비치는 터전들
그 규모와 높낮이는 누가 만들었을까
일층 상가와 노점
하늘을 가린 차양은 언제쯤 걷어내야 하는지
페루산 오징어채 베트남산 쥐치포 적응하지 못한채
얼마전 홍제천변을 빠져나갔고
러시아산 동태는 아직 해동 중이다
근래엔 가뭄 탓인지 수압도 낮아
고랑을 타고 흐르는 물줄기
좌판에 놓인 배추까지 미치지 못해
몸을 비틀다 누런 떡잎이 진 채 시들시들 해
밭을 갈아엎어야 할지 고민 중이다
층층이 쌓인 박스마다 행선지를 찾는 꿈은 졸고
도로쪽으로 발을 걸친 오토바이 자전거는
하루의 반 바퀴도 돌지 못한 채 의기소침해 있다

차양막 아래 오슬람 전구 끼워 빛을 끌어보지만
바람에 흔들리며 고개를 갸우뚱거거린다
언젠가 한번 순환도로에 올라
제 속도를 내고 싶지만 출구로 가는 길
교통 체증만 심하다

화광 아파트

태백,
막장 터전 삼아 살아 온 이들과 부대껴온 35년
열한 평 치수로 몇몇 호 남은 베란다 밖
긴 팔처럼 뻗은 굴뚝에선 19공탄 가스 고뿔하
듯 쏟아진다
시꺼멓게 부식된 전기 계량기 숫자
노쇠한 혈관을 타고 돌듯, 노인들
60~75세 나이로 가늘게 넘어가고
주인 없는 빛바랜 우편물
떼궁한 눈길로 보채 듯 앉아 있다
삶의 도구로 쓰여 지다 깨진 고무함지
어둠의 계단을 밟고 올라 온 방울토마토, 호박
넝쿨 끝 대롱이다
가파른 철조망에 매달려 핼쑥한 얼굴 하고 있다
스산한 바람이 빈 철문 지나
안팎으로 흐르는 정적 노크하지만
빨래 줄에 내걸린 올 풀린 수건들이
버짐 꽃처럼 하얗게 웃고 있다

빅토리아 피크에서

거대한 빌딩숲의 야경을 보며
환상의 문을 노크한다
지금 나는 어느 행성에 와 있는 것일까?
동굴 속을 막 빠져나온 푸르가토리우스*
황폐해진 세상 오롯이 지켜내기 위해
동굴 속으로 숨어들 일 더더욱 없다
티라노사우루스 공격 받을 확률은 0.001의 확률도 없는 이 곳
새로운 별 천지의 세계
푸른 행성 어느 한 모퉁이
초코렛으로 만든 소프트한 비행접시에 앉아
빛의 요정들이 분사하는 풍경에 취해
무한 침묵 속으로 빠져들고 있다
훗훗한 바람 앙가슴으로 파고드는데
연사처럼 풀어지며 내게 걸어오는 안개
간간이 묻어오는 소리
가만히 앉아있는 한 마리 푸르가

* 푸르가토리우스 : 신생대 말 백학기 소행성 충돌 후 류인원 이전 우리 조상이 되었던 포유류

횡단보도를 건너며

머릿 속과 맘 엉켜 발 앞은 지옥인데 횡단보도를 건너야 할 때
순간, 횡단보도의 하얀 선이 지옥문으로 보일 때 있다
건너편 건물 옥수수 알처럼 빼곡히 들어찬 창엔
오렌지 빛 가시광선 물들어가고
한 컷 한 컷 확대되어 오는 전광판의 다양한 정보
상점 쇼윈도에 진열된 갖가지 상품들 보다
각기 다른 사람들의 표정 본다
발랄 덧칠한 여고생
아이유의 좋은날, 흥얼흥얼 따라하며 건널 생각
다정 팔짱 낀 연인
눈에 콩깍지가 쓰여 앞 뒤 생각 않고 갈 수 있겠다는 생각
차도남*처럼 생긴 샐러리맨
스마트폰 검색
시공간 뛰어 넘는 양탄자 구해 휘바람 불며 넘을 생각
수염이 더부룩한 노신사

이 편한 세상 오래 오래 살고 싶은 맘
한 발 물러서서 고민 고민 끝
약국부터 찾을 것 같다는 생각
사람 사람들이 모여 사는 곳엔
생김생김 다 다르듯
다른 생각 생각은 그대 몫 내 몫
그저 한 마음 밝게 먹고** 밝은 빛으로 건넜으면

---

* 차도남 : 차가운 도시 남자
** 법정스님의 말과 침묵 중 '마음 마음 마음' 편에서

정수기가 있는 방

쉬고 싶었다 복도를 따라 들어선 방, 컴퓨터 TV 정수기 거울이 있다 말린 꽃 냄새가 나는 로숀을 바른 순이 정수기 쪽으로 비껴 앉는다
컴퓨터 바탕화면에서 자운영 블로그 클릭하자 벗어버린 겉옷처럼 나뒹구는 말
눈동자, 난해한 일상 밀쳐놓을 때 초딩 같다
젖은 머리 말리는 영이가 말의 균형 잡아가는 방향키 덕분에 화사한 웃음 터트리기도 한다
도심 속 팍팍했던 갈증이 묵혀 두었던 두메산골 유년으로 되새김질 되어 넘어갈 즈음 정수기의 냉, 온수 섞여지듯 윙 ~ ~ 신호를 보내며 정情 나눠 주고 있는 컵
간간이 들리는 낯선 거리의 소음과 바람 우리의 이야기 뒤채이기라도 하듯 이방인이 묶고 있는 창문을 흔들고 있다
어느새 라디에이터에서 뿜어져 나오는 스팀 훈훈하게 방안을 뎁혀온다 벗어버린 일탈의 흔적, 거울은 가만히 보고 있다

이젠 그랬으면

옷의 질감을 확인하기 위해
작은 라벨의 성분 혼용율 본다
가령 나일론 80%에 면綿 20% 라든가
마麻와 면 혼용 또는 순모100%
무작위로 나뭇잎 엮어 의복처럼 활용했던 무모함
꽉 막힌 나일론 몸에 엉겨
숨 쉴 수 없게 조여 오는 것보다는
선이 굵어 션션하게 통하는 마 같은
누구와도 소통 잘 되는 하얀 무명천
순모처럼 따뜻하고 포근한
그랬으면 좋겠다
연륜 더한 후덕함이 주는
묵직함 안정감이면 더더욱 좋고
구김 없이 균형 잃지 않은
본견本絹같은
섬유의 올 매끈하고 찬찬해서
아주아주 감정이 고른
광택이 있는 듯 없는 듯 면면이 반드르르 하고
어느 누구의 곁에서도 착착 감겨들어

맵시를 더해 태態 아름답고 고운

그래!
이젠 그랬음 좋겠다

매섭게 몰아치는 바람에 부르르 일어서듯

둥지를 틀고 앉은 양파 껍질 같은 편린들

시간 앞에 세워 놓는다

불면으로 몇몇 밤 꼼지락대다

갈피갈피를 헤적여

거뭇한 통점으로 감겨있던 어제를 벗겨내고

부스럭대던 귓속 허드레 말

흘러가는 구름에 실어 보낸다

〈자작나무〉 중에서

작품해설

맑은 유리알 같이
정제된 영혼의 산물

지연희 | 시인, 수필가

맑은 유리알 같이
정제된 영혼의 산물

2011년 첫 시집 「가급적이면 좋은」을 출간하고 '정제된 언어로 빚은 밀도 있는 그림'이라는 총평을 받은바 있는 김옥자 시인이 두 번째 시집 「꽃 사이사이, 바람」을 출간 작업 중이다. 첫 시집에서 보여주었던 사물의 본질을 꿰뚫던 탐구적 시선이 만만치 않아 이번엔 무슨 색감으로 채색된 화폭일까 궁금증이 활화산처럼 증폭되기 시작했다. 기대하던 중에 전해 준 원고 뭉치를 탐독했다. 한 편 한 편을 감상하면서 우선 김 시인을 레일 위를 달리는 열차와 비유해 보았다. 이제 막 가속도가 붙어 거침없이 달려 나가는 차량의 싱싱한 혈기라는 게 마땅했다.

문학은 작가가 그려내는 맑은 유리알 같이 정제된 영혼의 산물이다. 맞대어 나누는 선택된 대상(사물, 의미)과의 긴밀한 대화이며 소통이 빚어낸 과실나무이다. 나뭇가지에 달린 열매이다. 때문에 시인이 추출해 낸 어떤 정서적 반응일지라도 독자의 감성에 닿으면 감미로운 향기가 된다. 김옥자 시인이 제 2시집에서 반영한 총괄적 메시지의 색감은 푸른 하늘빛이다. 비단 도심 변두리 낙후한 인물들이 웅크리고 살아내는 아픔을 그리고 있다 할지라도 세상 속에 띄워 그 아픔을 나누고 위로하는 시인의 시선이 맑다는 것이다.

> 굵은 빗줄기 지나간 끝
> 능선을 빠르게 넘는 안개 보며 걷고 있다
> 아무것도 아닌 소소한 일들이
> 가느다란 빗줄기로 앞서거니 뒤서거니

발걸음 따라 오고 있다
가슴에 담고 있는 빗방울처럼
들판가득 물기 물고 있는 곡식과 풀, 나무
깊숙이 박혀있는 뿌리의 생각 담아
줄기와 잎
꽃망울 뿜어 올리기도 하고
열매 맺기도 하는 모습들
흠뻑 젖은 밭고랑 타며
일가족 삼대三代, 들깨 모종을 꽂고 있다
미풍에 도리질 하듯
빗방울 털어버리고
진흙 묻은 운동화 헹구며 섰는데
먹구름 주춤거리다 어딘가로 흘러가고
멀찍이 섰던 백로 서너 마리
날개를 펴며 숲을 향해 날아간다
젖음 속에서도
흐르는 풍경 있다

시 「젖음 속에서도」 전문

촌수로 치자면 사돈의 팔촌쯤이나 될까 말까
그런 이들과 한통속으로 묶여 흘러야만 할 때
봄의 어름쯤에서
희망이란 꽃말 가진 꽃이
꽃망울 터트려온다면
세상 오르는 길목 서성이다
반나절쯤의 텃새 부리고 싶은 꽃샘바람
꽃 사이사이 이는 바람아
모진 모퉁이 돌아오는 꽃들에게
날카로운 눈빛으로 으름장 놓지 말거라

환한 웃음 뒤로 마음 곳간에 쟁인
눈물 두어 방울 남아 있을 수 있으니
아서라
평생의 간절함이
만개하지 못한 꽃봉오리로 남을지라도
다소곳 시들도록 비껴 섯거라

시「꽃 사이사이, 바람」전문

시「젖음 속에서도」를 감상하면 비 내리는 농촌의 들판 그림이 확연이 클로즈업 된다. 굵은 빗줄기 잦아들고 안개 자욱한 산 능선 아래 농작물이며 나무와 풀들의 자연한 모양이 정겹게 드러난다. 일가족 삼대가 들깨모종을 심고 있는 이 그림은 정적이 감도는 자연 속 농부가족이 마치 밀레의 그림 '만종'을 연상하리만큼 경건하고 한가롭게 내다보인다. '흠뻑 젖은 밭고랑 타며/일가족 삼대三代, 들깨모종을 꽂고 있다/미풍에 도리질 하듯/빗방울 털어버리고/진흙 묻은 운동화 헹구며 섰는데/먹구름 주춤거리다 어딘가로 흘러가고/멀찍이 섰던 백로 서너 마리/날개를 펴며 숲을 향해 날아간다'는 비온 뒤 흠뻑 젖은 대지의 기운이 체감되어지는 이 시는 마침내 '멀찍이 섰던 백로 서너 마리/날개를 펴고 숲을 향해 날아간다'는 시인의 섬세한 시각으로 잡은 단막의 서경敍景이 아름다운 여운을 남기고 있다.

시「꽃 사이사이, 바람」은 이 시집의 표제이기도하다. 봄이면 꽃이라는 이름을 지닌 모든 봉오리들은 꽃망울을 터트리는 개화의 시기를 맞이하게 된다. 이들 꽃송이 사이사이로 부는 날카로운 바람의 으름장을 화자는 질타하고 있다. 무엇보다 이 바람의 시샘은 꽃(희망)에 대한 욕심이며 폭력일 수 있다. 때문에 '희망이란 꽃말 가진 꽃이/꽃망울 터트려온다면/세상 오르는 길목 서성이다/반나절쯤의 텃새 부리고 싶은 꽃샘바람/꽃 사이사이 이는 바람아/모진 모퉁이 돌아오는 꽃들에게/날카로운 눈빛으로 으름장 놓지 말거라'는 간곡한 주문이다. 비록 평생의 간절함이 만개하지 못한 꽃봉오리로 남을지라도 다소곳 시들도록 비켜서라는 것이다. 이 기도와도 같은 부탁은 '환한 웃음 뒤로 마음 곳간에 쟁인/눈물 두어 방울 남아 있을 수 있다'는 바람의 손끝에 입은 상처에 대한 꽃의 아픔이다. 바람이라는 이름으로 짓밟힌 꽃(순결)의 상처를 이 시는 말하고 있다. 꽃 사이사이를 비집고 다니며 먹이를 노리는 하이에나의 핏빛 눈동자 같은 바람의 욕망을 꾸짖는 목소리가 들린다.

일면식 있었던 없었던
세상에서 가장 따뜻하고 든든한 길 열어
새 생명 태어나 첫국밥 퍼 담을 때
우주의 힘 되라 했던 당신입니다
행行이 동動으로 옮겨지며
조금만 더
한 주걱 더 라는 덤, 퍼 나른 당신입니다
찹쌀 멥쌀 잡곡에게 조신조신 어우러져
뜸 잘들은 살과 뼈로 읽혀지라 하며
화르르 헤지는 조밥 보리밥일랑 고봉밥으로 건네고
목구멍 포도청인 사람들에게
당신은
희망으로 건네주게 했습니다
고들고들한 술밥, 삭혀지며 정情으로 흐르라 했고
밥그릇 높낮이 앞에선 중심 잃지 않았던 당신
산 넘고 물 건너 다음 세상으로 가는 길 조차 그냥 보내지 않고

이승의 마지막 인사 밥까지 따스하게 건네던 당신입니다
세상에 거居하며 활력소로
파수꾼으로 잘 살고 있습니다
당신은

시 「밥주걱」 전문

헐벗은 어둠의 안식 입고
불 지핀다
이승의 마지막 여운인 듯
푸르스름한 불씨의 눈물 뜨겁게 머물다
깊은 정적 불러
흐르르 지는 꽃잎처럼 흘러내린다
닿을 수 없는 허방 속
푸~
욱 꺼지다
고요 불러 앉혀 놓는다
굽이
굽이,
심지 곧게 지탱해 왔던 구천 구백 구십 구 인연 내려놓으며
불꽃 속 일렁인다
거멓게 일어서는 그을음 쥐었다 폈다 감아쥐더니
온 몸이 화구다
뼈 마디마디 주저앉으며
젖은 울음 안에서 밖으로
밖에서 안으로 사위어지는
생 하나
평온하다

시 「촛불-다비식」 전문

시 「밥주걱」은 평생 누군가에게 퍼주거나 다독이며 헌신하는 일에 매어있는 대상에게 보내는 헌시이다. 마치 무조건의 희생으로 가족을 위해 당신의 몸이 굽어지고 닳도록 몸소 보시하시던 어머니의 모습처럼 '무엇이 되어라' 기도를 잃지 않는 이의 잠언을 들을 수 있다. '일면식 있었던 없었던/세상에서 가장 따뜻하고 든든한 길 열어/새 생명 태어나 첫국밥 퍼 담을 때/우주의 힘 되라 했던 당신입니다' 라는 밥주걱의 삶은 굶주려 거리를 방황하는 사람 그 누구라도 세상에서 가장 따뜻하고 든든한 마음의 훈기를 열어 허기를 메워주던 어머니의 손길로 되살아나고 있다. 하루 종일 바깥일하고 지쳐 들어 온 식구들 밥그릇 고봉밥에 고봉으로 퍼 올려주시던 어머니의 손길을 본다. '목구멍 포도청인 사람들에게/당신은/희망으로 건네주게 했습니다/고들고들한 술밥, 삭혀지며 정情으로 흐르라 했고/밥그릇 높낮이 앞에선 중심 잃지 않았던 당신'처럼 어머니의 거룩한 사랑을 손끝으로 느끼게 된다.

김옥자 시인의 제2시집에 수록된 시를 감상하며 발견하게 되는 새로운 관점은 시를 쓰기 위해 대상과 만나 이루는 교감의 크기가 첫 시집과 다른 넓이로 확대되고 있다는 점이다. 단순하지 않는 집요한 관심으로 샘(의미)에 고이는 맑은 물의 깊이를 체득하게 한다. 시 「촛불–다비식」은 존재 하나가 육신을 벗고 흔적없이 사위어지는 과정을 보여준다. 죽음이라는 아득하고 먼 길을 향한 본디로의 귀환 과정을 이 시는 의미한다. 생명이 걸어가는 삶의 과정이란 결국 벗어 놓는 일, 흔적 지우는 일이기에 육신의 허울마저 한 줌의 재로 새기고 소멸시키는 일을 이 시는 촛불의 생애를 세워 말하고 있다. 마치 고승의 다비식처럼 촛불은 제 몸에 드리워졌던 육신의 옷을 벗고 있다. 이승의 마지막 여운을 푸르스름한 불씨로 뜨겁게 지는 꽃잎처럼 태우고 있다. '닿을 수 없는 허방 속/푸~/욱 꺼지다/고요 불러 앉혀 놓는다/굽이/굽이,/심지 곧게 지탱해 왔던 구천 구백 구십 구 인연 내려놓으며/불꽃 속 일렁인다'는 언어를 통하여 생의 고단한 편 편이 내다보이는 문자의 결합은 억겁의 인연을 불꽃의 일렁임으로 내려놓고 있다. '뼈마디마디 주저앉으며/젖은 울음 안에서 밖으로/밖에서 안으로 사위어지는/생 하나/평온하다' 는 생의 진리를 무소유의 가르침으로 던져주고 입적한 고승의 평안이 비춰진다.

아주 오~랜 시간
비바람에 삭은 문설주처럼 한쪽으로 치우쳐
돌쩌귀마저 걸 수 없는

느슨하게 출렁이는 거미줄에
거둬가지 못한 곤충들의 분신, 풍장風葬으로 남은

바람이 지나는 골목에서 수천번
제 식구들 떠나보내고 정적만 안고 있는

수액 빠져나간 기둥 아치형으로 뻥 뚫려 나이테 읽을 수 없는

골진 틈 사이 들고나는 작은 벌레, 들쥐들만 길 놓고 있는

아랫마을서 밟아 들고 온 이야길랑
구름에 흘려보내고 있는

구석구석 삭은 흙 살비듬처럼 와르르 쏟아지고 있는

머잖아 허방으로 집 주소를 옮길 것 같은

집

시 「태백산 주목 – 오래된 집」 전문

겨울 앓고 난 철없는 미망인처럼
핏빛 가슴 움켜진 채
초록 깃 속을 파고들며 붉어지고 싶었을까
파르르 떨리는 꽃잎 열어
샛노란 꽃술 정갈하게 심어놓은 모습 환하다
깊은 속내 한바탕 쏟아 놓을 것처럼
벙싯거리는 잎잎 사이로
맘 건너 뛴 동박새의 창백한 눈맞춤 있던 날
애꿎은 바람만 쪽빛과 푸르러
절벽은 동백꽃에게로만 머리 디밀고
차가운 빗방울
어느 생에게 무례함 아는지 모르는지
절정에서 헤플 사이도 없이
2월, 짧은 해를 등지고
지상으로 호흡 놓는다
뭇 인연의 기억 속 예를 갖추듯
붉은 꽃으로만 남고 싶었던
사랑이여

시 「동백꽃」 전문

시를 쓰고 싶은데 무슨 이야기를 써야할지 모르겠다는 사람들이 있다. 어떤 대상과의 대면 속에서도 의미를 찾지 못하는 소통의 부재에서 오는 암벽이다. 세상 모든 존재들에게는 각기 존재를 성립시키는 이유가 있고 길가 작은 돌멩이 하나에게도 자리하고 있는 공간적, 형태적 사유가 있다는 사실을 확인하지 못해서이다. 김옥자 시인은 낡은 몸체로 생명을 버티고 있는 한 그루 주목의 피폐한 모습을 마치 어느 노인의 빈약한 현주소를 바라보듯 애잔한 시선으로 짚어내고 있다. 시인이 그려내는 모든 대상의 존재적 의미는 삶에서 죽음이라는 총제적 그늘에서 벗어낼 수 없다는 전재의 화답인 것이다. 시「태백산 주목 – 오래된 집」은 태백산 자락에 몸 묶고 있는 주목(낡은 집)의 쇠잔한 모습을 그리고 있다. '아주 오~랜 시간/비바람에 삭은 문설주처럼 한쪽으로 치우쳐/돌쩌귀마저 걸 수 없는'이라고 그려진 대상이다. 무너질 대로 무너져 허술한 육신을 끌고 있는 나무의 위태로움이 극명하게 드러난다. 바람 앞에선 촛불처럼 한 생명의 최후를 바라보게 된다. '곤충들의 분신, 풍장(風葬)으로 남은', '바람이 지나는 골목에서 수천번/제 식구들 떠나보내고 정적만 안고 있는', '구석구석 삭은 흙 살비듬처럼 와르르 쏟아지고 있는' 오래된 집의 현실은 머지 않아 허방으로 집 주소를 옮겨야 할 것 같다는 죽음을 앞에 둔 나약한 생명의 허망을 암시한다.

시「동백꽃」은 절묘한 언어로 빚은 여인의 심안을 해독하게 한다. '겨울 앓고 난 철없는 미망인처럼/핏빛 가슴 움켜진 채/초록 깃 속을 파고들며 붉어지고 싶었을까/파르르 떨리는 꽃잎 열어/샛노란 꽃술 정갈하게 심어놓은 모습 환하다' 철없는 미망인의 붉은 숨결을 직감하게 하는 도입부의 언어는 이 시의 정서를 이해하게 하는 특정한 요소가 된다. 동백꽃은 철없는 미망인의 가슴으로 피어난 꽃이라는 것이다. 미망인의 사랑이 동백꽃 붉은 숨결이 되어 피어나고 그대로 봉오리 채 떨어지고 마는 그 애잔함이 손끝에 묻어나고 있다. 미망인의 여심, 미망인의 순정이 보다 붉게 환하게 피어나는 까닭은 겨울이라는 잔인한 고독과 추위를 견디어낸 마음 꽃이어서 그만큼 절실하게 독자를 의미 안으로 끌어들이는 게 아닌가 싶다. '절정에서 헤플 사이도 없이/2월, 짧은 해를 등지고/지상으로 호흡 놓는다/뭇 인연의 기억 속 예를 갖추듯/붉은 꽃으로만 남고 싶었던/사랑이여' 어느 때 보다 안쓰럽고 안타까운 까닭은 동백꽃은 철없는 미망인의 '마음 밭'이었다는 점이다. 이루지 못한 사랑이 꽃송이 채 떨어져 내리는 슬픔이다.

맨살 위를 더듬던 바람
잔물결로 주름 접고 있는 무논
오글거렸던 씨앗 가슴 열고 주름 편다
어릿어릿 풋것, 들녘과 골짜기를 타며
원근으로 접혔다 펴지는
사이 아름아름 말문 터오며 홑겹으로 잔주름 잡다
들숨으로 겹겹 주름 잡는
사이 아스라이 들판을 걷던 땡볕 속으로
한바탕 여우비의 후줄근함 다녀간
사이 구겨놓은 주름 반짝 펴진다
계절의 반경 안
짙푸른 일기를 쓰며 접어 넘기는 한 장의 달력 위
삐끗한 발목을 감추기도 했다가 내 놓기도 하는
사이 촘촘한 이파리와 늘어진 나이테
사이 느리게 앉았다 일어서는
주름사이
단풍잎 하나

시 「주름」 전문

툴툴거리듯 공기층을 파고드는 빗줄기 속
산나리색 우산 쓰고
어깨에 얹힌 팔과 함께 걸어가다
뿌우옇게 김 서린 카페 유리창 안 들어다 보네
음악, 빗속을 둘이서 에 취해
보일락 말락 손가락 글씨로
서로의 맘 표현하는 연인을 보네
모카향 몽실몽실 피어오르는
창틀에 걸터앉았던 풍경
어느 시간 속 더듬다
무심에 안겨 있던 기억 일으켜 세워
추억 한 컷 꺼내주네
찰바닥거리며 흘러 흘러오는
스물 셋 젖은 그리움이
누군가의 안부 묻네

시「때론, 비가」전문

시「주름」의 내력을 들여다보면 시간의 흐름을 만나게 된다. 언 듯 스치는 일상의 단면 하나가 집고 가는 세월의 흐름이 이 순간과 무관하지 않다는 주시이다. '맨살 위를 더듬던 바람/잔물결로 주름 접고 있는 무논/오글거렸던 씨앗 가슴 열고 주름 편다' 로 시작되는 무논의 씨앗이 뿌리를 내리고 깊어가는 시간 위에서 결국은 일상의 그림을 통하여 주름이라는 나이테를 만들어 낸다. 때문에 이 시의 행간에는 '사이' 라고 하는 명사로 공간과 공간을 잇고 물체와 물체를 잇는, 시간과 시간을 잇고자 하는 의도가 있다. '어릿어릿 풋것, 들녘과 골짜기를 타며/원근으로 접혔다 펴지는/사이', '들숨으로 겹겹 주름 잡는/사이', '한바탕 여우비의 후줄근함 다녀간/사이', '삐끗한 발목을 감추기도 했다가 내 놓기도 하는/사이', '촘촘한 이파리와 늘어진 나이테/사이', '느리게 앉았다 일어서는/주름사이/단풍잎 하나'로 귀결되는 주름의 역사를 보여준다. 세상 존재들의 일상 속에 숨 쉬는 주름의 내력은 '사이와 사이'로 어깨를 맞대어 깊어가고 있다는 단풍잎(생명)하나의 삶의 길이다.

비오는 날의 데이트가 부드러운 우수로 피어나는 시 「때론, 비가」를 읽는다. '툴툴거리듯 공기층을 파고드는 빗줄기 속/산나리 색 우산 쓰고/어깨에 얹힌 팔과 함께 걸어가다/뿌우옇게 김 서린 카페 유리창 안 들어다 보네' 라는 도입부의 배경이 우산 속 두 사람의 아름다운 정취 속으로 깊어가게 한다. '어깨에 얹힌 팔'로 대신한 그와의 우산 속 데이트는 김 서린 유리창 카페에 머물게 된다. 보일락 말락 손가락 글씨로 서로의 마음을 표현하는 연인들을 보다가 불현 듯 모카향 피어오르는 창틀에 앉았던 어느 풍경 속 추억 속으로 이동한다. '무심에 안겨 있던 기억 일으켜 세워/추억 한 컷 꺼내주네/찰바닥거리며 흘러 흘러오는/스물 셋 젖은 그리움이/누군가의 안부 묻네' 스물 셋 젊음의 내가 50줄에 들어선 나의 실체를 확인하며 내 생의 현주소를 짚고 있다. 비오는 날의 외출이 때론 복사꽃 향기만큼의 아름다움을 피워 감미롭게 한다. 젊음의 그 싱그러움 속으로 데려가고 있다는 것이다.

> 벤치에 앉은 노부부
> 주거니 받거니 건네주고 있다
> 실금처럼 엉겨 격했던 말의 껍질 깎아내고
> 삼킬 수 없는 씨앗의 말 도려낸다
> 발려낸 멜론 안쪽으로
> 무르고 달디단 것만 흥건하다

가만가만 잘 익은 쪽으로만 골라 서로에게 건네는데
삭히며 삭으며 깊어진 말들이
부드럽게 접히며 순하다
역하지도
밍밍하지도
새콤하지도 않은
그 끝의 유순함
안팎으로
쓰다듬고 있는
말

시 「넌지시」 전문

뻘 바닥에 발을 꽂고 있는 몸도 초록 꿈 꿀 수 있다니
긴 머리 풀어 헤치며 물살에 일렁이는 해초
세상은 온통 짜디짠 흙탕물이어서
어둑어둑하고 질퍽한 곳 제 집인양
가진 것 없는 어미는
물때를 살피며 흔들리고 있다가
매운 눈물로 차갑고 습한 바람을 날랐으리라
저릿저릿한 한기 온 몸 감아 온다
하필이면 춥고 짠 바닥에서만
등에 업힌 가난 칭얼대는지 모르겠다
한 움큼의 감태 손아귀에 잡아 본다
얼기설기 얽힌 발에 허리를 펴고 앉아
눈물 뚝뚝 흘리다 말고
해안가 양지바른 곳에서부터
도시의 이 골목 저 골목 배회하다
뻘 속 같은 어둠
한 꺼풀씩 벗겨 내며 일광욕 하고 있다

갯비린내 나는 그대에게서
왜 이리 풋풋한 상큼함이 풍겨오는지
입안이 환하다

시 「감태」 전문

시 「넌지시」는 드러내지 않고 가만히 건네는 속마음을 말한다. 벤치에 앉은 노부부가 주거니 받거니 말을 건네는데 가만 가만 주고받는 말의 씨앗이 구들장 아랫목처럼 따뜻하다. '실금처럼 엉겨 격했던 말의 껍질 깎아내고/삼킬 수 없는 씨앗의 말 도려낸다' 는 부부의 대화는 개울물에 둥글게 씻겨난 모난 돌처럼 연륜의 깊이로 정제된 인생을 보여주고 있다. 부부의 다정한 한낮의 망중한은 가만가만 잘 익은 멜론 속살 같은 말을 골라 서로에게 건네는데, 평생을 삭히며 삭으며 깊어온 조약돌처럼 부드럽고 순하다. 서로에게 넌지시 건네는 대화는 불같은 젊음의 사랑과 열정은 아니어도 쉬이 끊어지지 않는 신뢰와 믿음의 끈으로 동여진 일심동체라는 어휘의 원형을 극명하게 보여준다. '역하지도/밍밍하지도/새콤하지도 않은/그 끝의 유순함/안팎으로 쓰다듬고 있는/말' 의 주인공인 노부부의 달관한 인생을 '넌지시'라는 언어로 절묘하게 끌어온 시인의 안목이 이 시의 깊이를 더하고 있다.

감태는 해초의 하나이다. 그것도 뻘 바닥에 뿌리를 박고 사는 가난한 변두리 초막 같은 집을 짓고 생명을 연명한다. 시 「감태」는 드넓은 바다 가운데 집짓지 못하고 뻘 바닥에 몸을 맡기고 사는 해초의 초록 꿈을 살피고 있다. 마치 변두리 판자집에서 찬란한 미래를 설계하는 꿈으로 최선의 삶을 사는 청년처럼 감태는 뻘의 짜디짠 흙탕물 속에서 일렁이고 있다. '세상은 온통 짜디짠 흙탕물이어서/어둑어둑하고 질퍽한 곳 제 집인양/가진 것 없는 어미는/물때를 살피며 흔들리고 있다가/매운 눈물로 차갑고 습한 바람을 날랐으리라'는 가난한 이의 고단한 삶이 '짜디짠 흙탕물', '어둑어둑하고 질퍽한 집'으로 대리되고 있다. 감태(해초)의 삶의 배경은 가난을 뒤집어 쓴 한 인물의 은유적 표현일 것이다. '저릿저릿한 한기 온 몸 감아 온다/하필이면 춥고 짠 바닥에서만/등에 업힌 가난 칭얼대는지 모르겠다'는 것이다. 그러나 애초부터 감태는 손아귀에 꿈을 쥐고 있었다. '얼기설기 얽힌 발에 허리를 펴고 앉아/눈물 뚝뚝 흘리다 말고/해안가 양지바른 곳에서부터/도시의 이 골목 저 골목 배회하다/뻘 속 같은 어둠/한 꺼풀씩 벗겨 내며 일광욕하고 있다'는 것이다. '갯비린내 나는 그대에게서/왜 이리 풋풋한 상큼함이 풍겨오는지/입안이 환하다'고 한다.

들풀 한 포기도 바람 한 줄기도 저마다 존재자로의 의도가 있다. 생명이 있거나, 생명이 없거나, 하물며 가시적 존재의 옷을 입히지 못하는 관념까지 시정신은 세상 속에 놓여진 사물이나 의미에 대한 질문으로부터 해체되고, 다시 봉합되어 새로운 존재자를 완성한다. 이처럼 모든 존재에 대한 원형의 길 찾기에 기울인 걸음 걸음은 시인의 고뇌로부터 시작된다. 다만 시인의 시정신이 부여한 절대적 조건에 의하여 성립되는 사물의 동일시, 물아일체의 경지에 다다를 수 있을 때 시인은 세상 곳에 놓여진 모든 대상들과 소통의 끈을 연결하고 내일을 내다볼 수 있는 안목이 트인다는 것이다. 김옥자 시인의 제 2시집의 시를 감상하며 이미 김 시인은 보편적 개념의 너와 나를 통합시키는 안목을 넓히고 있어 그 훌륭함을 길게 설명할 필요가 없다. 다만 제 3의 시집이 어떤 세계로 집 지어질까 궁금하고 기대하게 된다.